Contos para Crianças e Adolescentes
DESTEMIDOS
Short stories for fearless kids and teenagers

Editora Appris Ltda.
1.ª Edição - Copyright© 2024 da autora
Direitos de Edição Reservados à Editora Appris Ltda.

Nenhuma parte desta obra poderá ser utilizada indevidamente, sem estar de acordo com a Lei nº 9.610/98. Se incorreções forem encontradas, serão de exclusiva responsabilidade de seus organizadores. Foi realizado o Depósito Legal na Fundação Biblioteca Nacional, de acordo com as Leis nos 10.994, de 14/12/2004, e 12.192, de 14/01/2010.

Catalogação na Fonte
Elaborado por: Josefina A. S. Guedes
Bibliotecária CRB 9/870

K641c
2024
	Klein, Helena
	   Contos para crianças e adolescentes destemidos = Short stories for fearless kids and teenagers / Helena Klein. – 1. ed. – Curitiba: Appris, 2024.
	   105 p. : il. color. ; 16 cm.
	
	   ISBN 978-65-250-5826-9
	
	   1.Literaura infantojuvenil. 2. Contos brasileiros 3. Contos ingleses. I. Título. II. Série.
	
	                                                                                                                                                                  CDD – 028.4

Appris
editora

Editora e Livraria Appris Ltda.
Av. Manoel Ribas, 2265 – Mercês
Curitiba/PR – CEP: 80810-002
Tel. (41) 3156 - 4731
www.editoraappris.com.br

Printed in Brazil
Impresso no Brasil

Helena Klein

Contos para Crianças e Adolescentes
DESTEMIDOS
Short stories for fearless kids and teenagers

FICHA TÉCNICA

EDITORIAL	Augusto Coelho
	Sara C. de Andrade Coelho
COMITÊ EDITORIAL	Marli Caetano
	Andréa Barbosa Gouveia - UFPR
	Edmeire C. Pereira - UFPR
	Iraneide da Silva - UFC
	Jacques de Lima Ferreira - UP
SUPERVISOR DA PRODUÇÃO	Renata Cristina Lopes Miccelli
PRODUÇÃO EDITORIAL	Bruna Holmen
REVISÃO	Arildo Junior
	Nathalia Almeida
DIAGRAMAÇÃO	Maria Vitória Ribeiro Kosake
CAPA	João Vitor Oliveira dos Anjos
REVISÃO DE PROVA	Jibril Keddeh

Às crianças que não se assustam quando as casas rangem, quando a luz apaga e alguém, atrás da porta, chama pelos seus nomes.

To the children who are not scared when the houses creak, when the light goes out and someone, behind the door, calls their name.

AGRADECIMENTOS

Agradeço aos meus pais, Juliana e Adolfo, e ao meu irmão, Carlos, pelos anos de vida que fizeram os alicerces do meu ser. Ao Rudolf, que é meu primeiro leitor e incentivador das minhas escolhas. Às minhas filhas, Marina e Sabine, por me proporcionarem as melhores histórias.

SUMÁRIO

The Haunted House 11
A Casa Mal-Assombrada 15

The Vampire's Tooth 21
O Dente do Vampiro 25

The Monster's Friend 29
O Amigo do Monstro 33

The Legend of the Kraken 37
A Lenda do Kraken 41

Lightning and Baba Yaga 45
Raios e Baba Yaga 49

The Curse of Medusa 55
A Maldição de Medusa.. 61

The Balrog of the Basement 67
O Balrog do Porão... 71

The Boitatá of the Swamp 77
O Boitatá do Pântano 81

The Shoggoth of the Library 87
O Shoggoth da Biblioteca 91

The Three Witches of Halloween 97
As Três Bruxas do Halloween 101

THE HAUNTED HOUSE

Lucy and Jake were bored. It was a rainy Saturday and they had nothing to do. They decided to go for a walk around the neighborhood, hoping to find something interesting. They passed by the old house at the end of the street. It was abandoned and creepy, with broken windows and peeling paint. Lucy had always been curious about it, but Jake was scared.

— Let's go inside, — Lucy said. — Maybe we'll find some treasure or something.

— No way, — Jake said. — That place is haunted. I heard that a family died there in a fire and their ghosts still haunt the place.

— Don't be silly, — Lucy said. — There's no such thing as ghosts. Come on, it'll be fun.

She grabbed his hand and pulled him towards the house. Jake reluctantly followed, hoping that no one would see them. They climbed over the fence and walked up to the front door. It was unlocked and creaked open when Lucy pushed it. They stepped inside and looked around. The house was dark and dusty, with cobwebs everywhere. The furniture was old and rotten, and the walls were covered with stains and cracks. There was a musty smell in the air.

— Wow, this place is cool, — Lucy said. — Let's explore.

She ran up the stairs, leaving Jake behind. He followed her nervously, wishing they would leave. They reached the second floor and entered a bedroom. There was a large bed with a torn canopy, a dresser with a cracked mirror, and a closet with a broken door. Lucy opened the closet and gasped. Inside, there was a skeleton wearing a dress and a hat.

— Look at this, — she said. — It's a real skeleton.

She reached out to touch it, but Jake stopped her.

— Don't touch it, — he said. — It might be cursed or something.

He pulled her away from the closet and closed the door.

— Let's get out of here, — he said. — This place is giving me the creeps.

He turned to leave, but then he heard a voice behind him.

— Hello, children, — the voice said. — Do you want to play with me?

They turned around and saw a ghost standing in front of them. It was a woman with long hair and pale skin, wearing the same dress and hat as the skeleton in the closet.

She smiled at them, but her smile was twisted and evil. She reached out her hand towards them, but they backed away.

— Who are you? — Lucy asked, trembling.

— I'm Mrs. Smith, — the ghost said. — I used to live here with my husband and children, until they died in the fire.

She pointed to the closet.

— That's me in there, — she said. — And these are my children.

She snapped her fingers, and two more ghosts appeared next to her. They were a boy and a girl, about Lucy and Jake's age, wearing old-fashioned clothes. They looked sad and scared.

— Hello — they said in unison. — We're sorry for what our mother did, — the boy said.

— She went crazy after the fire, — the girl said.

— She blames us for starting it, — the boy said.

— She locked us in this room and never let us out, — the girl said.

— She killed us one by one, — the boy said.

— And now she wants to kill you too, — the girl said.

They looked at Lucy and Jake with pity: — RUN — they said in unison.

Lucy and Jake didn't need to be told twice. They ran out of the room, down the stairs, and out of the house as fast as they could. They didn't stop until they reached their home, where they told their parents what had happened. Their parents didn't believe them, of course. They thought they were making up stories or playing pranks. But Lucy and Jake knew better. They knew that they had seen something terrible that day.

And they never went near the haunted house again.

A CASA MAL-ASSOMBRADA

Lucy e Jake estavam entediados. Era um sábado chuvoso e eles não tinham nada para fazer. Eles decidiram ir dar uma volta pelo bairro, esperando encontrar algo interessante. Eles passaram pela velha casa no final da rua. Ela estava abandonada e assustadora, com janelas quebradas e tinta descascando. Lucy sempre teve curiosidade sobre ela, mas Jake tinha medo.

— Vamos entrar — Lucy disse. — Talvez a gente encontre algum tesouro ou algo assim.

— De jeito nenhum — Jake disse. — Esse lugar é mal-assombrado. Eu ouvi dizer que uma família morreu lá em um incêndio e seus fantasmas ainda assombram o lugar.

— Não seja bobo — Lucy disse. — Não existe isso de fantasmas. Vamos, vai ser divertido.

Ela pegou a mão dele e o puxou em direção à casa. Jake seguiu-a relutantemente, esperando que ninguém os visse. Eles pularam a cerca e caminharam até a porta da frente. Ela estava destrancada e rangeu quando Lucy a empurrou. Eles entraram e olharam em volta. A casa estava escura e empoeirada, com teias de aranha por toda parte. Os móveis eram velhos e podres, e as paredes estavam cobertas de manchas e rachaduras. Havia um cheiro de mofo no ar.

— Uau, esse lugar é legal — Lucy disse. — Vamos explorar.

Ela correu escada acima, deixando Jake para trás. Ele a seguiu nervosamente, desejando que eles fossem embora. Eles chegaram ao segundo andar e entraram em um quarto. Havia uma cama grande com um dossel rasgado, uma cômoda com um espelho rachado e um armário com uma porta quebrada. Lucy abriu o armário e arfou. Dentro, havia um esqueleto vestindo um vestido e um chapéu.

— Olhe isso — ela disse. — É um esqueleto de verdade.

Ela estendeu a mão para tocá-lo, mas Jake a impediu.

— Não toque nele — ele disse. — Ele pode estar amaldiçoado ou algo assim.

Ele a puxou para longe do armário e fechou a porta.

— Vamos sair daqui — ele disse. — Esse lugar está me dando arrepios.

Ele se virou para sair, mas então ouviu uma voz atrás dele.

— Olá, crianças — a voz disse. — Vocês querem brincar comigo?

Eles se viraram e viram um fantasma parado na frente deles. Era uma mulher com cabelos longos e pele pálida, vestindo o mesmo vestido e chapéu que o esqueleto no armário.

Ela sorriu para eles, mas seu sorriso era torcido e maligno. Ela estendeu a mão em direção a eles, mas eles recuaram.

— Quem é você? — Lucy perguntou, tremendo.

— Eu sou a Sra. Smith — o fantasma disse. — Eu costumava morar aqui com meu marido e meus filhos, até que eles morreram no incêndio.

Ela apontou para o armário.

— Aquela, ali dentro, sou eu — ela disse. — E estes são meus filhos.

Ela estalou os dedos, e mais dois fantasmas apareceram ao lado dela. Eram um menino e uma menina, da idade de Lucy e Jake, vestindo roupas antigas. Eles pareciam tristes e assustados.

— Olá — eles disseram em uníssono. — Nós sentimos muito pelo que nossa mãe fez — o menino disse.

— Ela enlouqueceu depois do incêndio — a menina disse.

— Ela nos culpa por ter começado ele — o menino disse.

— Ela nos trancou neste quarto e nunca nos deixou sair — a menina disse.

— Ela nos matou um por um — o menino disse.

— E agora ela quer matar vocês também — a menina disse.

Eles olharam para Lucy e Jake com pena: — CORRAM — eles disseram em uníssono.

Lucy e Jake não precisaram que lhes dissessem duas vezes. Eles correram para fora do quarto, escada abaixo, e para fora da casa o mais rápido que puderam.

Eles não pararam até chegarem em casa, onde contaram aos pais o que havia acontecido. Seus pais não acreditaram neles, é claro. Eles acharam que eles estavam inventando histórias ou fazendo brincadeiras. Mas Lucy e Jake sabiam melhor. Eles sabiam que tinham visto algo terrível naquele dia.

E eles nunca mais se aproximaram da casa mal-assombrada.

THE VAMPIRE'S TOOTH

Billy was afraid of the dentist. He hated the sound of the drill, the smell of the disinfectant, and the pain of the injections. He had a cavity in his molar, and he knew he had to get it fixed. But he kept putting it off, hoping it would go away by itself.

One night, he had a terrible toothache. He couldn't sleep, and he couldn't eat. He decided to go to the dentist the next day, no matter what. He got up early and walked to the dentist's office. It was a gloomy building, with a sign that said: Dr. Fang's Dental Clinic.

He rang the bell and waited.

The door opened and a man greeted him:

— Hello, Billy, — the man said. — I've been expecting you.

Billy was surprised. How did he know his name?

— Who are you? — Billy asked.

— I'm Dr. Fang, — the man said. — Your new dentist.

He smiled, and Billy saw that he had two long, sharp fangs in his mouth. Billy gasped. He realized that Dr. Fang was a vampire. He tried to run away, but Dr. Fang grabbed him and dragged him inside.

— Don't be afraid, — Dr. Fang said. — I'm here to help you.

He took Billy to a dark room, where there was a chair with wires and tubes attached to it. He strapped Billy to the chair and turned on a switch. A machine started to hum and whir.

— What are you going to do? — Billy asked, terrified.

— I'm going to fix your tooth, — Dr. Fang said. — But not with a drill or a needle.

He opened his mouth and bit Billy's neck. Billy felt a sharp pain, followed by a strange sensation. He felt his blood being sucked out of his body, and something else being pumped in. He felt his toothache disappear, and his molar grow stronger and harder. He felt his eyesight improve, and his hearing sharpen. He felt his skin become pale, and his heart slow down. He felt himself becoming a vampire. Dr. Fang stopped biting him and released him from the chair. He looked at Billy with satisfaction.

— There, — he said. — All done.

Billy looked at himself in a mirror. He saw that he had changed. He had fangs like Dr. Fang, and red eyes that glowed in the dark. He felt hungry, but not for food. He felt thirsty, but not for water. He felt a new craving, for blood. Dr. Fang handed him a glass of red liquid.

— Drink this, — he said. — It's your first meal as a vampire.

Billy took the glass and drank it. It was blood, and it tasted delicious. He felt a surge of energy and happiness. He smiled at Dr. Fang, who smiled back.

— Welcome to the family, — Dr. Fang said. — You're one of us now.

Billy nodded. He didn't mind being a vampire. He liked it better than being human. He liked it better than being afraid of the dentist.

O DENTE DO VAMPIRO

Billy tinha medo do dentista. Ele odiava o som da broca, o cheiro do desinfetante e a dor das injeções. Ele tinha uma cárie no molar e sabia que tinha que consertá-la, mas ele ficava adiando, esperando que ela sumisse sozinha.

Uma noite, ele teve uma dor de dente terrível. Ele não conseguia dormir e não conseguia comer. Ele decidiu ir ao dentista no dia seguinte, não importava o quê. Ele se levantou cedo e caminhou até o consultório do dentista. Era um prédio sombrio, com uma placa que dizia: Clínica Odontológica do Dr. Fang.

Ele tocou a campainha e esperou.

A porta se abriu e um homem o cumprimentou:

— Olá, Billy — o homem disse. — Eu estava esperando por você.

Billy ficou surpreso. Como ele sabia o seu nome?

— Quem é você? — Billy perguntou.

— Eu sou o Dr. Fang — o homem disse. — Seu novo dentista.

Ele sorriu e Billy viu que ele tinha dois dentes longos e afiados na boca. Billy arfou. Ele percebeu que o Dr. Fang era um vampiro. Ele tentou fugir, mas o Dr. Fang o agarrou e o arrastou para dentro.

— Não tenha medo — Dr. Fang disse. — Eu estou aqui para ajudá-lo.

Ele levou Billy para um quarto escuro, onde havia uma cadeira com fios e tubos ligados a ela. Ele amarrou Billy na cadeira e ligou um interruptor. Uma máquina começou a zumbir e girar.

— O que você vai fazer? — Billy perguntou, aterrorizado.

— Eu vou consertar seu dente — Dr. Fang disse. — Mas não com uma broca ou uma agulha.

Ele abriu a boca e mordeu o pescoço de Billy. Billy sentiu uma dor aguda, seguida por uma sensação estranha. Ele sentiu seu sangue sendo sugado de seu corpo, e algo mais sendo bombeado para dentro. Ele sentiu sua dor de dente desaparecer, e seu molar crescer mais forte e duro. Ele sentiu sua visão melhorar, e sua audição se aguçar. Ele sentiu sua pele ficar pálida e seu coração diminuir o ritmo. Ele sentiu-se tornando-se um vampiro. Dr. Fang parou de mordê-lo e o soltou da cadeira. Ele olhou para Billy com satisfação.

— Pronto — ele disse. — Tudo feito.

Billy se olhou em um espelho. Ele viu que ele tinha mudado. Ele tinha presas como o Dr. Fang, e olhos vermelhos que brilhavam no escuro. Ele sentiu fome, mas não por comida. Ele sentiu sede, mas não por água. Ele sentiu um novo desejo, por sangue. Dr. Fang lhe entregou um copo de líquido vermelho.

— Beba isso — ele disse. — É sua primeira refeição como vampiro.

Billy pegou o copo e bebeu-o. Era sangue, e tinha um gosto delicioso. Ele sentiu uma onda de energia e felicidade. Ele sorriu para o Dr. Fang, que sorriu de volta.

— Bem-vindo à família — Dr. Fang disse. — Você é um de nós agora.

Billy assentiu. Ele não se importava de ser um vampiro. Ele gostava mais do que ser humano. Ele gostava mais do que ter medo do dentista.

THE MONSTER'S FRIEND

Eddie was lonely. He had no friends at school, and no one to play with at home. He liked to read books, especially scary ones. His favorite was Frankenstein, by Mary Shelley. He wished he could meet the monster in the book. He thought he would be a good friend.

One night, he had a dream. He dreamed that he was in a laboratory, where there was a huge table with a body on it. The body was made of different parts from different people, stitched together. It was the monster.

Eddie saw a man standing next to the table. He recognized him as Dr. Frankenstein, the creator of the monster. He saw that Dr. Frankenstein had a machine that could give life to the monster. He saw that Dr. Frankenstein was about to turn on the machine.

Eddie wanted to stop him. He knew that Dr. Frankenstein would abandon the monster, and that the monster would be hated and feared by everyone. He wanted to save the monster and be his friend. He ran towards the table, but it was too late.

Dr. Frankenstein turned on the machine, and a bolt of lightning struck the monster. The monster opened his eyes and groaned. He looked at Eddie and smiled.

— Hello, — he said. — Who are you?

Eddie smiled back.

— Hello, — he said. — I'm Eddie. I'm your friend.

The monster was happy. He had never had a friend before. He hugged Eddie and lifted him up.

— Friend, — he said. — You're my friend.

Dr. Frankenstein was angry. He didn't want the monster to have a friend. He wanted the monster to be his slave. He grabbed a gun and pointed it at Eddie.

— Get away from him, — he shouted. — He's mine.

He pulled the trigger, but nothing happened. The gun was empty. The monster saw what Dr. Frankenstein was trying to do. He was angry too. He put Eddie down and grabbed Dr. Frankenstein by the neck. He squeezed hard, until Dr. Frankenstein stopped moving. He threw him aside and looked at Eddie.

— Bad man, — he said. — He tried to hurt you.

Eddie nodded: Yes, — he said. — He was a bad man.

The monster picked up Eddie again and carried him out of the laboratory. He took him to a forest, where there was a cave. He made a fire and gave Eddie some food and water. They sat by the fire and talked. They told each other their stories, and their hopes and dreams. They laughed and cried together.

They became best friends.

Eddie woke up from his dream. He felt happy and warm. He looked around his room and saw that it was morning. He got up and got ready for school. He hoped that he would see the monster again in his dreams. He hoped that someday, he would see him in real life.

And somewhere, in dreamland, he waits for it too.

O AMIGO DO MONSTRO

Eddie estava sozinho. Ele não tinha amigos na escola e ninguém para brincar em casa. Ele gostava de ler livros, especialmente os assustadores. Seu favorito era Frankenstein, de Mary Shelley. Ele queria conhecer o monstro do livro, ele achava que ele seria um bom amigo.

Uma noite, ele teve um sonho. Ele sonhou que estava em um laboratório, onde havia uma mesa enorme com um corpo em cima. O corpo era feito de partes diferentes de pessoas diferentes, costuradas juntas. Era o monstro.

Eddie viu um homem parado ao lado da mesa. Ele o reconheceu como o Dr. Frankenstein, o criador do monstro. Ele viu que o Dr. Frankenstein tinha uma máquina que podia dar vida ao monstro e viu que ele estava prestes a ligar a máquina.

Eddie queria impedi-lo. Ele sabia que o Dr. Frankenstein abandonaria o monstro e que o monstro seria odiado e temido por todos. Ele queria salvar o monstro e ser seu amigo. Ele correu em direção à mesa, mas era tarde demais.

Dr. Frankenstein ligou a máquina e um raio atingiu o monstro. O monstro abriu os olhos e gemeu. Ele olhou para Eddie e sorriu.

— Olá — ele disse. — Quem é você?

Eddie sorriu de volta.

— Olá — ele disse. — Eu sou Eddie. Eu sou seu amigo.

O monstro ficou feliz, ele nunca tinha tido um amigo antes. Ele abraçou Eddie e o levantou.

— Amigo — ele disse. — Você é meu amigo.

Dr. Frankenstein ficou com raiva. Ele não queria que o monstro tivesse um amigo. Ele queria que o monstro fosse seu escravo. Ele pegou uma arma e apontou para Eddie.

— Afaste-se dele — ele gritou. — Ele é meu.

Ele puxou o gatilho, mas nada aconteceu. A arma estava vazia. O monstro viu o que Dr. Frankenstein estava tentando fazer. Ele também ficou com raiva. Ele colocou Eddie no chão e agarrou Dr. Frankenstein pelo pescoço. Ele apertou forte, até que Dr. Frankenstein parasse de se mexer. Ele jogou-o de lado e olhou para Eddie.

— Homem mau — ele disse. — Ele tentou te machucar.

Eddie assentiu:

— Sim — ele disse. — Ele era um homem mau.

O monstro pegou Eddie novamente e o levou para fora do laboratório. Ele o levou para uma floresta, onde havia uma caverna. Ele fez uma fogueira e deu a Eddie comida e água. Eles se sentaram perto do fogo e conversaram. Eles contaram suas histórias, seus sonhos e esperanças. Eles riram e choraram juntos.

Eles se tornaram melhores amigos.

Eddie acordou de seu sonho. Ele se sentiu feliz e quente. Ele olhou em volta de seu quarto e viu que era manhã. Ele se levantou e se arrumou para a escola. Ele esperava ver o monstro novamente em seus sonhos: esperava que algum dia, ele o visse na vida real.

E em algum lugar, na terra dos sonhos, ele também espera por isso.

THE LEGEND OF THE KRAKEN

Billy and Sally were two adventurous siblings who loved to explore the sea. They lived in a small fishing village near the coast, where they often heard stories about the mysterious creatures that lurked in the deep waters.

One day, they decided to go on a boat trip with their grandfather, who was an old sailor. He told them that he had seen many wonders and dangers in his travels, but nothing compared to the legend of the Kraken.

— The Kraken is a giant squid that can grow as big as a mountain, — he said. — It has tentacles that can crush ships and drag them to the bottom of the sea. It has eyes that can hypnotize you and a beak that can tear you apart. It is the most feared monster of the ocean, and no one has ever escaped its wrath.

Billy and Sally were both fascinated and terrified by the story. They wondered if the Kraken was real or just a myth. They asked their grandfather if he had ever seen it.

— No, I haven't, — he said. — But I know someone who did. His name was Captain Jack, and he was my best friend. He was a brave and daring explorer who wanted to find the Kraken and prove its existence. He sailed away with his crew, but he never came back. The only thing that returned was his hat, floating on the waves.

Billy and Sally felt sorry for Captain Jack and his crew. They wished they could have met him and heard his tales. They asked their grandfather if he knew where the Kraken lived.

— No one knows for sure, — he said. — But some say it dwells in a dark and hidden place, far away from the sunlight. A place where no fish dare to swim, and no ship dare to sail. A place called the Abyss.

Billy and Sally shivered at the sound of the word. They imagined a cold and silent world, full of shadows and secrets. They wondered what else could be hiding there.

They soon reached their destination, a small island where they planned to have a picnic. They anchored their boat near the shore and jumped into the water. They swam to the beach, where they found a nice spot to eat.

They enjoyed their sandwiches and cookies, and then decided to play in the sand. They built castles and bridges and dug holes and tunnels. They had so much fun that they didn't notice how fast time flew by.

They also didn't notice that the tide was rising, and that their boat was drifting away from them. They only realized it when they heard their grandfather shouting.

— Kids! Come back! The boat is leaving! — he yelled.

Billy and Sally looked up and saw their boat moving farther and farther from the island. They panicked and ran to the water. They tried to swim after it, but it was too late.

They were stranded on the island, with no way to get back.

They cried for help, but no one heard them. They hoped that someone would see them, but no one came.

They were alone, with no food or water.

They were scared, with no shelter or protection.

They were doomed, with no hope or escape.

Or so they thought.

For they didn't know that something was watching them.

Something big.

Something hungry.

Something angry.

Something that had been waiting for a long time.

Something that had finally found its prey.

The Kraken.

A LENDA DO KRAKEN

Billy e Sally eram dois irmãos aventureiros que adoravam explorar o mar. Eles viviam em uma pequena vila de pescadores perto da costa, onde ouviam frequentemente histórias sobre as criaturas misteriosas que se escondiam nas águas profundas.

Um dia, eles decidiram fazer um passeio de barco com seu avô, que era um velho marinheiro. Ele lhes contou que tinha visto muitas maravilhas e perigos em suas viagens, mas nada se comparava à lenda do Kraken.

— O Kraken é uma lula gigante que pode crescer do tamanho de uma montanha — ele disse. — Ele tem tentáculos que podem esmagar navios e arrastá-los para o fundo do mar. Ele tem olhos que podem hipnotizar você e um bico que pode rasgá-lo em pedaços. Ele é o monstro mais temido do oceano e ninguém jamais escapou de sua ira.

Billy e Sally ficaram fascinados e aterrorizados com a história. Eles se perguntavam se o Kraken era real ou apenas um mito. Eles perguntaram ao seu avô se ele já tinha visto.

— Não, eu não vi — ele disse. — Mas eu conheço alguém que viu. Seu nome era Capitão Jack e ele era meu melhor amigo. Ele era um explorador corajoso e ousado que queria encontrar o Kraken e provar sua existência.

Ele navegou com sua tripulação, mas ele nunca voltou. A única coisa que voltou foi seu chapéu, flutuando nas ondas.

Billy e Sally sentiram pena do Capitão Jack e sua tripulação. Eles gostariam de ter conhecido ele e ouvido suas histórias. Eles perguntaram ao seu avô se ele sabia onde o Kraken vivia.

— Ninguém sabe ao certo — ele disse. — Mas alguns dizem que ele habita em um lugar escuro e escondido, longe da luz do sol. Um lugar onde nenhum peixe se atreve a nadar, e nenhum navio se atreve a navegar. Um lugar chamado Abismo.

Billy e Sally estremeceram ao ouvir a palavra. Eles imaginaram um mundo frio e silencioso, cheio de sombras e segredos. Eles se perguntaram o que mais poderia estar escondido lá.

Eles logo chegaram ao seu destino, uma pequena ilha onde planejavam fazer um piquenique. Eles ancoraram seu barco perto da costa e pularam na água. Eles nadaram até a praia, onde encontraram um bom lugar para comer.

Eles aproveitaram seus sanduíches e biscoitos, e depois decidiram brincar na areia. Eles construíram castelos e pontes, e cavaram buracos e túneis. Eles se divertiram tanto que não perceberam como o tempo passou rápido.

Eles também não perceberam que a maré estava subindo, e que seu barco estava se afastando deles. Eles só perceberam quando ouviram seu avô gritando.

— Crianças! Voltem! O barco está indo embora! — Ele gritou.

Billy e Sally olharam para cima e viram seu barco se afastando cada vez mais da ilha. Eles entraram em pânico e correram para a água. Eles tentaram nadar atrás dele, mas era tarde demais.

Eles estavam presos na ilha, sem como voltar.

Eles gritaram por socorro, mas ninguém os ouviu. Eles esperavam que alguém os visse, mas ninguém veio.

Eles estavam sozinhos, sem comida ou água.

Eles estavam com medo, sem abrigo ou proteção.

Eles estavam condenados, sem esperança ou fuga.

Ou assim eles pensavam.

Pois eles não sabiam que algo estava observando-os.

Algo grande.

Algo faminto.

Algo zangado.

Algo que tinha esperado por muito tempo.

Algo que finalmente tinha encontrado sua presa.

O Kraken.

LIGHTNING AND BABA YAGA

It was a Wednesday night; Bianca didn't want to go to sleep. A storm was forecast, and she wanted to see the lightning. Her mother told her it was dangerous, that she should stay inside: warm and safe. With a good night kiss, Bianca's mother said goodbye to her daughter, sure that she would be fine. She would sleep all night, in her bed, while all the turbulence passed over the old tiles.

But Bianca was a very curious and stubborn girl. She didn't want to miss the chance to see the spectacle of nature. She waited for her mother to go to sleep, and then got out of bed. She took a flashlight and a coat and went out through the window of her room.

She ran through the backyard, towards the fence that separated her house from the forest. She knew it was not allowed to enter the forest, especially at night, but she didn't care. She wanted to see the lightning up close and feel the thrill of adventure.

She jumped over the fence and entered the forest. She turned on her flashlight and followed a path that she knew well. She had explored the forest during the day, with her friends. She thought there was nothing dangerous there, just trees, birds and squirrels.

She was wrong.

The forest at night was a very different place from the forest during the day. It was a dark and silent place, full of shadows and mysteries. It was a place where strange and scary creatures lived, that only came out when the sun set.

It was a place where Baba Yaga lived.

Baba Yaga was an old and ugly witch, who lived in a hut with chicken legs. She flew through the sky in a mortar, using a pestle as a rudder. She had iron teeth, sharp nails and bright eyes. She liked to eat disobedient children, who got lost in the forest.

She was hungry that night.

She saw the light of Bianca's flashlight and smelled her fresh flesh. She smiled with her iron teeth and descended from the sky in her mortar. She landed behind Bianca, without making any noise.

Bianca was distracted by the lightning, which lit up the sky with flashes of light. She didn't notice the presence of the witch behind her. She only realized it when she felt a cold and bony hand grab her shoulder. She turned around and screamed.

She saw the horrible face of Baba Yaga, who looked at her with malice.

— Hello, my dear — said the witch with a hoarse voice. — You came to visit me in my house? How kind of you! You must be hungry, aren't you? Come on, I have something for you to eat.

Baba Yaga dragged Bianca to her hut, which rose on its chicken legs. She opened the door and pushed Bianca inside. Bianca saw that the hut was small and dirty, full of pots and jars, old books. In one corner, there was a stove where a large pot boiled. In another corner, there was a cage where other children were trapped, who cried and begged for help.

Bianca recognized some of her friends, who had disappeared in the forest some time ago. She understood that they were the ingredients of Baba Yaga's soup.

She panicked and tried to escape, but Baba Yaga was faster. She grabbed Bianca by her hair and threw her into the cage.

— There's no use resisting — said the witch. — You're going to be my dinner tonight. And then I'll make a nice hat with your skin.

Bianca cried and screamed for help, but no one heard.

No one except her mother.

Her mother had woken up with the noise of thunder and went to see if Bianca was okay. She saw that her bed was empty, and that the window was open. She got worried and went out to look for Bianca.

She saw Bianca's flashlight on the ground, near the fence. She picked up the flashlight and followed the path that Bianca had made. She entered the forest, without fear.

She loved her daughter and would do anything to save her.

She arrived at Baba Yaga's hut and saw the witch preparing to cook Bianca. She got angry and brave. She picked up a dry branch and lit it on the flashlight. She threw the branch at the hut, which caught fire.

Baba Yaga screamed in pain and surprise. She came out of the burning hut and saw Bianca's mother.

— Who are you? What did you do to my house? — she yelled.

— I am Bianca's mother, — said the mother. — And I came to get my daughter. You will not touch her, you wicked witch!

Bianca's mother entered the burning hut and opened the cage. She freed Bianca and the other children and took them outside.

Baba Yaga tried to stop her, but Bianca's mother was stronger. She hit the witch with her pestle and threw her into the boiling pot.

Baba Yaga drowned in her own soup.

Bianca's mother hugged her daughter, and the other children. They were safe. They returned home, where they were greeted with joy by their parents and friends. Bianca apologized to her mother for disobeying and promised never to enter the forest at night again. Her mother forgave her and gave her a good night kiss. Bianca slept in her bed, warm and safe. She never wanted to see the lightning again.

RAIOS E BABA YAGA

Era uma noite quarta-feira, Bianca não queria ir dormir. Estava previsto um temporal e ela queria muito ver os raios. A mãe dela disse que era perigoso, que deveria ficar dentro de casa, quente e segura. Com um beijo de boa noite, a mãe de Bianca despede-se da filha, certa de que ela ficaria bem. Dormiria a noite inteira, em sua cama, enquanto toda turbulência passava por cima das velhas telhas.

Mas Bianca era uma menina muito curiosa e teimosa. Ela não queria perder a chance de ver o espetáculo da natureza. Ela esperou que sua mãe fosse dormir e então se levantou da cama. Ela pegou uma lanterna e um casaco e saiu pela janela do seu quarto.

Ela correu pelo quintal em direção à cerca que separava sua casa da floresta. Ela sabia que não era permitido entrar na floresta, especialmente à noite, mas ela não se importava. Ela queria ver os raios de perto, e sentir a emoção da aventura.

Ela pulou a cerca e entrou na floresta. Ela acendeu sua lanterna e seguiu por um caminho que ela conhecia bem. Ela já tinha explorado a floresta durante o dia, com seus amigos. Ela achava que não havia nada de perigoso ali, apenas árvores, pássaros e esquilos.

Ela estava enganada.

A floresta à noite era um lugar muito diferente da floresta durante o dia. Era um lugar escuro e silencioso, cheio de sombras e mistérios. Era um lugar onde moravam criaturas estranhas e assustadoras, que só saíam quando o sol se punha.

Era um lugar onde morava Baba Yaga.

Baba Yaga era uma bruxa velha e feia, que vivia em uma cabana com pernas de galinha. Ela voava pelo céu em um pilão, usando um almofariz como leme. Ela tinha dentes de ferro, unhas afiadas e olhos brilhantes. Ela gostava de comer crianças desobedientes que se perdiam na floresta.

Ela estava com fome naquela noite.

Ela viu a luz da lanterna de Bianca e sentiu o cheiro de sua carne fresca. Ela sorriu com seus dentes de ferro e desceu do céu em seu pilão. Ela pousou atrás de Bianca, sem fazer barulho.

Bianca estava distraída com os raios, que iluminavam o céu com flashes de luz. Ela não percebeu a presença da bruxa atrás dela. Ela só se deu conta quando sentiu uma mão fria e ossuda agarrar seu ombro.

Ela se virou e gritou.

Ela viu o rosto horrível de Baba Yaga, que a olhava com malícia.

— Olá, minha querida — disse a bruxa com uma voz rouca. — Você veio me visitar na minha casa? Que gentileza sua! Você deve estar com fome, não é? Venha, eu tenho algo para você comer.

Baba Yaga arrastou Bianca para sua cabana, que se levantou sobre suas pernas de galinha. Ela abriu a porta e empurrou Bianca para dentro. Bianca viu que a cabana era pequena e suja, cheia de panelas, frascos e livros velhos. No canto, havia um fogão onde fervia uma panela grande. No outro canto, havia uma gaiola onde estavam presas outras crianças, que choravam e imploravam por ajuda.

Bianca reconheceu alguns de seus amigos, que tinham desaparecido na floresta há algum tempo. Ela entendeu que eles eram os ingredientes da sopa de Baba Yaga.

Ela entrou em pânico e tentou fugir, mas Baba Yaga foi mais rápida. Ela agarrou Bianca pelo cabelo e a jogou na gaiola.

— Não adianta resistir — disse a bruxa. — Você vai ser meu jantar hoje à noite. E depois vou fazer um belo chapéu com sua pele.

Bianca chorou e gritou por socorro, mas ninguém ouviu.

Ninguém exceto sua mãe.

Sua mãe tinha acordado com o barulho dos trovões e foi ver se Bianca estava bem. Ela viu que a cama dela estava vazia e que a janela estava aberta. Ela ficou preocupada e saiu para procurar Bianca.

Ela viu a lanterna de Bianca no chão, perto da cerca. Ela pegou a lanterna e seguiu o caminho que Bianca tinha feito. Ela entrou na floresta, sem medo.

Ela amava sua filha e faria qualquer coisa para salvá-la.

Ela chegou à cabana de Baba Yaga, e viu a bruxa se preparando para cozinhar Bianca. Ela ficou furiosa e corajosa. Ela pegou um galho seco e o acendeu na lanterna. Ela jogou o galho na cabana, que pegou fogo.

Baba Yaga gritou de dor e surpresa. Ela saiu da cabana em chamas e viu a mãe de Bianca.

— Quem é você? O que você fez com a minha casa? — Ela berrou.

— Eu sou a mãe da Bianca — disse a mãe. — E eu vim buscar a minha filha. Você não vai tocá-la, sua bruxa malvada!

A mãe de Bianca entrou na cabana em chamas e abriu a gaiola. Ela libertou Bianca e as outras crianças, e as levou para fora.

Baba Yaga tentou impedir, mas a mãe de Bianca era mais forte. Ela bateu na bruxa com seu pilão e a jogou na panela fervente.

Baba Yaga se afogou em sua própria sopa.

A mãe de Bianca abraçou sua filha e as outras crianças. Elas estavam salvas. Elas voltaram para casa, onde foram recebidas com alegria pelos seus pais e amigos. Bianca pediu desculpas à sua mãe por ter desobedecido e prometeu nunca mais entrar na floresta à noite. Sua mãe a perdoou e lhe deu um beijo de boa noite. Bianca dormiu em sua cama, quente e segura. Ela nunca mais quis ver os raios.

THE CURSE OF MEDUSA

Tommy and Lisa were two siblings who loved to explore ancient ruins. They lived in Greece, where they often visited old temples and tombs with their parents, who were archaeologists. They learned a lot about the history and mythology of their country and enjoyed finding clues and secrets from the past.

One day, they decided to go on an adventure by themselves. They heard about an abandoned temple that was hidden in a remote valley, where no one had been for centuries. They wanted to see what was inside, and maybe discover something amazing.

They packed their backpacks with water, snacks, flashlights, and a camera. They took their bikes and rode to the valley. They followed a narrow path that led them to the temple. It was a large stone building, covered with vines and moss. It had a triangular roof, supported by columns carved with strange symbols. It looked mysterious and impressive.

They parked their bikes near the entrance and walked inside. They saw a long hallway, with statues of gods and goddesses on both sides. They recognized some of them, like Zeus, Athena, and Apollo. They also saw some that they didn't know, like Hecate, Typhon, and Echidna.

They took pictures of the statues and read the inscriptions that were written below them. They learned that the temple was dedicated to Athena, the goddess of wisdom and war. She was also the patron of heroes and artists.

They walked further into the temple, until they reached a large chamber. In the center of the chamber, there was an altar with a golden statue of Athena. She wore a helmet and a shield and held a spear in her hand. She looked majestic and powerful.

Tommy and Lisa were amazed by the statue. They approached it carefully and admired its details. They noticed that the shield had a strange design on it. It looked like a face, but not a human face. It had scales, fangs, and horns. And it had snakes for hair.

They wondered what it was, and why Athena had it on her shield. They didn't know that it was the face of Medusa.

Medusa was once a beautiful woman, who served as a priestess of Athena. She was proud of her long hair, which she combed every day in front of a mirror. She was vain and arrogant, and thought that she was more beautiful than anyone else.

She made a terrible mistake when she fell in love with Poseidon, the god of the sea. She broke her vow of chastity to Athena and slept with Poseidon in her temple. This angered Athena, who decided to punish her for her betrayal.

She cursed Medusa, turning her hair into snakes, and her face into a monster. She made her so ugly that anyone who looked at her would turn to stone. She banished her to an island, where she lived alone with her two sisters, who were also monsters.

She became known as Medusa, the Gorgon.

She hated Athena for what she had done to her. She hated everyone who was happy and beautiful. She hated herself for being ugly and lonely.

She wanted revenge.

She waited for someone to come to her island, so she could kill them with her gaze. She waited for a long time, until one day, a hero named Perseus arrived.

Perseus was sent by a king to bring him the head of Medusa as a gift. He had the help of Athena, who gave him a shield that could reflect Medusa's gaze. He also had the help of Hermes, who gave him a sword that could cut through anything.

He flew to the island with his winged sandals and found Medusa sleeping in her cave. He didn't look at her directly but used his shield as a mirror. He saw her snake hair hissing and writhing around her head. He saw her fangs dripping with venom. He saw her eyes glowing with hate.

He raised his sword and cut off her head with one swift stroke. He put the head in a bag and flew away from the island. He didn't know that Medusa's blood spilled on the ground and gave birth to new creatures.

He didn't know that one of them was Pegasus, the winged horse. He didn't know that another one was Chrysaor, the golden sword.

He didn't know that they would become famous. He only knew that he had completed his quest. He returned to the king with the head of Medusa as his trophy. But he didn't give it to him.

He used it as a weapon against him. He showed him the face of Medusa and turned him to stone. He did this because the king had tried to harm his mother while he was away. He did this because he was a hero, and a son of Zeus. He did this because he had the favor of Athena. He kept the head of Medusa and used it in many other battles.

He also gave it back to Athena, who placed it on her shield. She did this to honor him, and to remember her enemy. She did this to show her power, and to inspire fear. She did this because she was a goddess, and a patron of heroes. She kept the face of Medusa and made it her symbol. Tommy and Lisa didn't know any of this. They only knew that the face on the shield was creepy, and that they wanted to leave. They turned around and ran out of the chamber. They ran through the hallway, past the statues of gods and goddesses.

They ran to the entrance, where they had left their bikes. They were about to leave when they heard a loud noise behind them. They turned around and saw something that made them scream. They saw the statue of Athena come to life. They saw her eyes glow with anger. They saw her raise her shield and point it at them.

They saw the face of Medusa on her shield. They saw the snakes move and hiss. They saw the fangs shine and bite. They saw the eyes stare and glare. They saw their own faces reflected on the shield. They saw their faces turn to stone.

A MALDIÇÃO DE MEDUSA

Tommy e Lisa eram dois irmãos que adoravam explorar ruínas antigas. Eles moravam na Grécia, onde visitavam frequentemente templos e tumbas antigas com seus pais, que eram arqueólogos. Eles aprendiam muito sobre a história e a mitologia do seu país, e gostavam de encontrar pistas e segredos do passado.

Um dia, eles decidiram ir em uma aventura por conta própria. Eles ouviram falar de um templo abandonado que ficava escondido em um vale remoto, onde ninguém tinha ido por séculos. Eles queriam ver o que havia dentro, e talvez descobrir algo incrível.

Eles arrumaram suas mochilas com água, lanches, lanternas e uma câmera. Eles pegaram suas bicicletas e foram para o vale. Eles seguiram um caminho estreito que os levou ao templo. Era um edifício de pedra grande, coberto de vinhas e musgo. Tinha um telhado triangular, sustentado por colunas esculpidas com símbolos estranhos. Parecia misterioso e impressionante.

Eles estacionaram suas bicicletas perto da entrada e entraram. Eles viram um corredor longo, com estátuas de deuses e deusas em ambos os lados. Eles reconheceram alguns deles, como Zeus, Atena e Apolo. Eles também viram alguns que não conheciam, como Hécate, Tífon e Equidna.

Eles tiraram fotos das estátuas e leram as inscrições que estavam escritas abaixo delas. Eles aprenderam que o templo era dedicado a Atena, a deusa da sabedoria e da guerra. Ela era também a protetora dos heróis e dos artistas.

Eles caminharam mais para dentro do templo, até chegarem a uma câmara grande. No centro da câmara havia um altar com uma estátua de ouro de Atena. Ela usava um capacete e um escudo, e segurava uma lança na mão. Ela parecia majestosa e poderosa.

Tommy e Lisa ficaram maravilhados com a estátua. Eles se aproximaram cuidadosamente e admiraram seus detalhes. Eles notaram que o escudo tinha um desenho estranho nele. Parecia um rosto, mas não um rosto humano. Tinha escamas, presas e chifres. E tinha cobras no lugar do cabelo.

Eles se perguntaram o que era aquilo e por que Atena tinha aquilo no seu escudo. Eles não sabiam que era o rosto de Medusa. Medusa foi uma mulher bonita, que servia como sacerdotisa de Atena. Ela se orgulhava do seu cabelo longo, que ela penteava todos os dias diante de um espelho. Ela era vaidosa e arrogante, e achava que era mais bonita do que qualquer outra pessoa.

Ela cometeu um terrível erro quando se apaixonou por Poseidon, o deus do mar. Ela quebrou seu voto de castidade para Atena e dormiu com Poseidon no seu templo. Isso enfureceu Atena, que decidiu puni-la por sua traição.

Ela amaldiçoou Medusa, transformando seu cabelo em cobras e seu rosto em um monstro. Ela a fez tão feia que qualquer um que olhasse para ela viraria pedra.

Ela a baniu para uma ilha, onde ela vivia sozinha com suas duas irmãs, que também eram monstros.

Ela ficou conhecida como Medusa, a Górgona. Ela odiava Atena pelo que ela tinha feito com ela. Ela odiava todos que eram felizes e bonitos. Ela odiava a si mesma por ser feia e solitária.

Ela queria vingança.

Ela esperava por alguém que viesse à sua ilha, para que ela pudesse matá-lo com seu olhar. Ela esperou por muito tempo, até que um dia, um herói chamado Perseu chegou.

Perseu foi enviado por um rei para trazer-lhe a cabeça de Medusa como um presente. Ele teve a ajuda de Atena, que lhe deu um escudo que podia refletir o olhar de Medusa. Ele também teve a ajuda de Hermes, que lhe deu uma espada que podia cortar qualquer coisa.

Ele voou para a ilha com suas sandálias aladas e encontrou Medusa dormindo em sua caverna. Ele não olhou para ela diretamente, mas usou seu escudo como um espelho. Ele viu seu cabelo de cobras sibilando e se contorcendo em volta da sua cabeça. Ele viu suas presas pingando veneno. Ele viu seus olhos brilhando com ódio.

Ele ergueu sua espada e cortou sua cabeça com um golpe rápido. Ele colocou a cabeça em uma sacola, e voou para longe da ilha. Ele não sabia que o sangue de Medusa derramou no chão, e deu origem a novas criaturas.

Ele não sabia que uma delas era Pégaso, o cavalo alado. Ele não sabia que outra era Crisaor, a espada dourada. Ele não sabia que eles se tornariam famosos por direito próprio. Ele só sabia que ele tinha completado sua missão.

Ele voltou para o rei com a cabeça de Medusa como seu troféu. Mas ele não a entregou para ele. Ele usou-a como uma arma contra ele. Ele mostrou-lhe o rosto de Medusa, e o transformou em pedra. Ele fez isso porque o rei tinha tentado prejudicar sua mãe enquanto ele estava fora. Ele fez isso porque ele era um herói e um filho de Zeus.

Ele fez isso porque ele tinha o favor de Atena. Ele guardou a cabeça de Medusa, e usou-a em muitas outras batalhas. Ele também a devolveu para Atena, que a colocou em seu escudo. Ela fez isso para honrá-lo e para lembrar-se de sua inimiga. Ela fez isso para mostrar seu poder e para inspirar medo. Ela fez isso porque ela era uma deusa e uma protetora dos heróis. Ela guardou o rosto de Medusa e fez dele seu símbolo.

Tommy e Lisa não sabiam nada disso. Eles só sabiam que o rosto no escudo era assustador, e que eles queriam sair dali. Eles se viraram e correram para fora da câmara.

Eles correram pelo corredor, passando pelas estátuas dos deuses e das deusas. Eles correram até a entrada, onde eles tinham deixado suas bicicletas. Eles estavam prestes a sair, quando ouviram um barulho alto atrás deles. Eles se viraram e viram algo que os fez gritar. Eles viram a estátua de Atena ganhar vida. Eles viram seus olhos brilharem com raiva.

Eles viram ela erguer seu escudo e apontá-lo para eles. Eles viram o rosto de Medusa em seu escudo. Eles viram as cobras se mexerem e sibilarem. Eles viram as presas brilharem e morderem. Eles viram os olhos fitarem e fulminarem. Eles viram seus próprios rostos refletidos no escudo. Eles viram seus rostos virarem pedra.

THE BALROG OF THE BASEMENT

Danny and Mia were two siblings who loved Halloween. They liked to dress up in costumes, carve pumpkins, and go trick-or-treating. They also liked to watch scary movies, read spooky stories, and tell each other ghost tales.

They lived in an old house, that had a basement. They were not allowed to go to the basement, because their parents said it was dangerous. They said there were rats, spiders, and mold in the basement. They said there was nothing interesting there, just junk and dust.

But Danny and Mia were curious and brave. They wanted to see what was in the basement, and maybe find something cool. They thought their parents were hiding something from them, something exciting and mysterious.

They decided to go to the basement on Halloween night, when their parents were out at a party. They waited until they left, and then put on their costumes. Danny was dressed as a pirate, and Mia was dressed as a witch. They took a flashlight and a candy bag and went to the basement door.

They opened the door and saw a dark staircase leading down. They turned on the flashlight and walked down the stairs. They reached the basement floor and looked around.

They saw a large room, filled with boxes, furniture, and tools. They saw cobwebs, dust, and dirt. They saw shadows, shapes, and sounds.

They didn't see any rats, spiders, or mold.

They didn't see anything interesting.

They were disappointed.

They decided to explore the basement, anyway, hoping to find something fun. They opened some boxes, and found old clothes, books, and toys. They moved some furniture, and found broken lamps, clocks, and radios. They played with some tools and made some noise.

They didn't find anything cool.

They were bored.

They decided to leave the basement and go trick-or-treating instead. They walked back to the stairs, ready to go up.

But then they heard something that made them stop.

They heard a roar.

A loud, deep, angry roar.

A roar that came from behind them.

A roar that came from the basement.

They turned around and saw something that made them scream.

They saw a monster.

A huge, fiery monster.

A monster that looked like a giant man with horns, wings, and claws.

A monster that had flames for hair, eyes, and mouth.

A monster that had a whip of fire in one hand, and a sword of fire in the other.

A monster that was coming towards them.

A monster that was a Balrog.

A Balrog was an ancient evil creature, that lived in the depths of the earth. It was a servant of darkness, that hated light and life. It was a foe of heroes, that fought with fire and fury.

It was a nightmare come true.

Danny and Mia didn't know how it got there.

They didn't know why it was there.

They only knew that it wanted to kill them.

They ran to the stairs, hoping to escape.

But the Balrog was faster.

It reached them with its whip of fire and lashed at them.

It missed Danny by an inch but hit Mia on her leg.

She fell to the ground, crying in pain.

Her costume caught fire.

Danny tried to help her, but the Balrog blocked his way.

It raised its sword of fire, ready to strike him down.

Danny dodged its blow but dropped his flashlight.

The basement went dark.

Danny couldn't see anything.

He couldn't see Mia or the Balrog.

He could only hear their sounds.

He heard Mia's screams of agony.

He heard the Balrog's roars of rage.

He heard his own heartbeats of fear.

He felt helpless and hopeless.

He wished his parents were there.

He wished he never went to the basement.

He wished it was all a bad dream.

But it wasn't a dream.

It was real.

It was Halloween night.

O BALROG DO PORÃO

Danny e Mia eram dois irmãos que adoravam o Halloween. Eles gostavam de se fantasiar, esculpir abóboras e pedir doces. Eles também gostavam de assistir filmes de terror, ler histórias assustadoras e contar um ao outro contos de fantasmas.

Eles moravam em uma casa antiga, que tinha um porão. Eles não podiam ir ao porão, porque seus pais diziam que era perigoso. Eles diziam que havia ratos, aranhas e mofo no porão. Eles diziam que não havia nada de interessante lá, apenas lixo e poeira.

Mas Danny e Mia eram curiosos e corajosos. Eles queriam ver o que havia no porão e talvez encontrar algo legal. Eles achavam que seus pais estavam escondendo algo deles, algo excitante e misterioso.

Eles decidiram ir ao porão na noite de Halloween, quando seus pais estavam fora em uma festa. Eles esperaram até eles saírem e então colocaram suas fantasias. Danny estava vestido de pirata e Mia estava vestida de bruxa. Eles pegaram uma lanterna e uma sacola de doces e foram para a porta do porão.

Eles abriram a porta e viram uma escada escura que levava para baixo. Eles ligaram a lanterna e desceram as escadas. Eles chegaram ao chão do porão e olharam em volta.

Eles viram um quarto grande, cheio de caixas, móveis e ferramentas. Eles viram teias de aranha, poeira e sujeira. Eles viram sombras, formas e sons.

Eles não viram nenhum rato, aranha ou mofo.

Eles não viram nada de interessante.

Eles ficaram decepcionados.

Eles decidiram explorar o porão mesmo assim, esperando encontrar algo divertido. Eles abriram algumas caixas e encontraram roupas velhas, livros e brinquedos. Eles moveram alguns móveis e encontraram lâmpadas quebradas, relógios e rádios. Eles brincaram com algumas ferramentas e fizeram algum barulho.

Eles não encontraram nada legal.

Eles ficaram entediados.

Eles decidiram sair do porão e ir pedir doces em vez disso. Eles caminharam de volta para as escadas, prontos para subir.

Mas então eles ouviram algo que os fez parar.

Eles ouviram um rugido.

Um rugido alto, profundo e furioso.

Um rugido que vinha de trás deles.

Um rugido que vinha do porão.

Eles se viraram e viram algo que os fez gritar.

Eles viram um monstro.

Um monstro enorme e flamejante.

Um monstro que parecia um homem gigante com chifres, asas e garras.

Um monstro que tinha chamas no lugar do cabelo, dos olhos e da boca.

Um monstro que tinha um chicote de fogo em uma mão e uma espada de fogo na outra.

Um monstro que estava vindo em direção a eles.

Um monstro que era um Balrog.

Um Balrog era uma criatura maligna antiga, que vivia nas profundezas da terra. Era um servo das trevas, que odiava a luz e a vida. Era um inimigo dos heróis, que lutava com fogo e fúria.

Era um pesadelo tornado realidade.

Danny e Mia não sabiam como ele tinha chegado lá.

Eles não sabiam por que ele estava lá.

Eles só sabiam que ele queria matá-los.

Eles correram para as escadas, esperando escapar.

Mas o Balrog era mais rápido.

Ele alcançou-os com seu chicote de fogo e os açoitou.

Ele errou Danny por um centímetro, mas acertou Mia na perna.

Ela caiu no chão, chorando de dor.

Sua fantasia pegou fogo.

Danny tentou ajudá-la, mas o Balrog bloqueou seu caminho.

Ele ergueu sua espada de fogo, pronto para golpeá-lo.

Danny desviou de seu golpe, mas deixou cair sua lanterna.

O porão ficou escuro.

Danny não podia ver nada.

Ele não podia ver Mia ou o Balrog.

Ele só podia ouvir seus sons.

Ele ouviu os gritos de agonia de Mia.

Ele ouviu os rugidos de raiva do Balrog.

Ele ouviu seus próprios batimentos cardíacos de medo.

Ele se sentiu impotente e sem esperança.

Ele desejou que seus pais estivessem lá.

Ele desejou que ele nunca tivesse ido ao porão.

Ele desejou que tudo fosse um sonho ruim.

Mas não era um sonho.

Era real.

Era a noite de Halloween.

THE BOITATÁ OF THE SWAMP

Pedro and Ana were two siblings who loved to explore nature. They lived in the Pantanal, where they saw many animals, plants, and landscapes. They learned a lot about the fauna and flora of the region and had fun observing and photographing the natural beauties.

One day, they decided to go on an adventure by themselves. They heard about a swamp that was hidden in a remote area, where few people had gone. They wanted to see what was there, and maybe discover something amazing.

They packed their backpacks with water, snacks, flashlights, and a camera. They took a boat and rowed to the swamp. They followed a narrow channel that led them there. It was a wet and dark place, covered with aquatic plants and mud. It had a strong and unpleasant smell. It looked mysterious and dangerous.

They docked the boat on the shore and got out. They saw a flooded terrain, with twisted trees and thorny bushes. They saw insects, frogs and snakes. They heard sounds of birds, monkeys and alligators.

They didn't see any beautiful or interesting animals.

They were disappointed.

They decided to explore the swamp, anyway, hoping to find something fun. They made their way through the plants, and found footprints, feathers, and bones. They strayed from the channel and got lost in the vegetation. They made noise and scared the animals.

They didn't find anything cool.

They were bored.

They decided to go back to the boat and leave. They walked back to the shore, trying to orient themselves.

But then they saw something that made them stop.

They saw a light.

A bright, shiny, and colorful light.

A light that came from inside the swamp.

A light that moved like a snake.

They wondered what it was, and why it was there.

They didn't know it was the Boitatá.

The Boitatá was a fantastic creature from Guarani mythology, which was a myth from Brazil, Paraguay, Uruguay, and Argentina. It was a huge fire serpent that appeared and attacked against those who harmed the forests and animals of the Amazon. It was the protector of nature, who punished the invaders and destroyers of the woods.

It was hungry that night.

It saw the light of Pedro and Ana's flashlight and smelled their fresh flesh. It smiled with its fire teeth and came out of the swamp towards them. It came out of the water and slid on the ground. It had shiny scales, burning fangs and fiery eyes. It had fire instead of hair, tongue, and tail.

It wanted to kill them.

Pedro and Ana were scared by the light. They approached it carefully, thinking it was some kind of natural phenomenon. They didn't notice the presence of the Boitatá until it was too late.

They only realized it when they felt an intense heat behind them.

They turned around and screamed.

They saw the horrible face of the Boitatá, who looked at them with malice.

— Hello, my dears — he said with a hissing voice. — You came to visit me in my swamp? How kind of you! You must be hungry, aren't you? Come here, I have something for you to eat.

The Boitatá advanced on Pedro and Ana, who ran to the boat, hoping to escape.

But the Boitatá was faster.

He reached them with his fire tail and wrapped them up.

He pulled them close to his mouth and bit them.

He burned them and devoured them.

He satisfied himself with their flesh and blood.

He laughed with his fire laughter.

He went back to the swamp, satisfied.

He waited for more visitors, to kill them with his fire.

He protected nature, with his fury.

He was the Boitatá, the thing of fire.

O BOITATÁ DO PÂNTANO

Pedro e Ana eram dois irmãos que adoravam explorar a natureza. Eles moravam no Pantanal, onde viam muitos animais, plantas e paisagens. Eles aprendiam muito sobre a fauna e a flora da região, e se divertiam observando e fotografando as belezas naturais.

Um dia, eles decidiram ir em uma aventura por conta própria. Eles ouviram falar de um pântano que ficava escondido em uma área remota, aonde poucas pessoas tinham ido. Eles queriam ver o que havia lá e tentar descobrir algo surpreendente.

Eles pegaram suas mochilas com água, lanches, lanternas e uma câmera. Eles pegaram um barco e remaram até o pântano. Eles seguiram um canal estreito que os levou até lá. Era um lugar úmido e escuro, coberto de plantas aquáticas e lama. Tinha um cheiro forte e desagradável. Parecia misterioso e perigoso.

Eles atracaram o barco na margem, e saíram. Eles viram um terreno alagado, com árvores retorcidas e arbustos espinhosos. Eles viram insetos, sapos e cobras. Eles ouviram sons de pássaros, macacos e jacarés.

Eles não viram nenhum animal bonito ou interessante.

Eles ficaram decepcionados.

Eles decidiram explorar o pântano mesmo assim, esperando encontrar algo divertido. Eles abriram caminho entre as plantas, e encontraram pegadas, penas e ossos. Eles se afastaram do canal, e se perderam na vegetação. Eles fizeram barulho, e assustaram os animais.

Eles não encontraram nada legal.

Eles ficaram entediados.

Eles decidiram voltar para o barco e ir embora. Eles caminharam de volta para a margem, tentando se orientar.

Mas então eles viram algo que os fez parar.

Eles viram uma luz.

Uma luz forte, brilhante e colorida.

Uma luz que vinha de dentro do pântano.

Uma luz que se movia como uma cobra.

Eles se perguntaram o que era aquilo, e por que estava lá.

Eles não sabiam que era o Boitatá.

O Boitatá era uma criatura fantástica da mitologia guarani, que era um mito do Brasil, Paraguai, Uruguai e Argentina. Era uma enorme serpente de fogo que aparecia e atacava contra aqueles que prejudicavam as florestas e os animais da Amazônia. Ele era o protetor da natureza, que castigava os invasores e destruidores das matas.

Ele estava com fome naquela noite.

Ele viu a luz da lanterna de Pedro e Ana, e sentiu o cheiro de sua carne fresca. Ele sorriu com seus dentes de fogo e saiu do pântano em sua direção. Ele saiu da água e deslizou pelo chão. Ele tinha escamas brilhantes, presas ardentes e olhos flamejantes. Ele tinha fogo no lugar do cabelo, da língua e do rabo.

Ele queria matá-los.

Pedro e Ana ficaram assustados com a luz. Eles se aproximaram dela cuidadosamente, pensando que era algum tipo de fenômeno natural. Eles não perceberam a presença do Boitatá até que fosse tarde demais.

Eles só se deram conta quando sentiram um calor intenso atrás deles.

Eles se viraram e gritaram.

Eles viram o rosto horrível do Boitatá, que os olhava com malícia.

— Olá, meus queridos — disse ele com uma voz sibilante. — Vocês vieram me visitar no meu pântano? Que gentileza! Vocês devem estar com fome, não é? Venham cá, eu tenho algo para vocês comerem.

O Boitatá avançou sobre Pedro e Ana, que correram para o barco, esperando escapar.

Mas o Boitatá foi mais rápido.

Ele alcançou-os com seu rabo de fogo e os enlaçou.

Ele os puxou para perto de sua boca e os mordeu.

Ele os queimou e os devorou.

Ele se saciou com sua carne e seu sangue.

Ele riu com sua gargalhada de fogo. Ele voltou para o pântano, satisfeito. Ele esperou por mais visitantes, para matá-los com seu fogo. Ele protegeu a natureza, com sua fúria. Ele foi o Boitatá, a coisa de fogo.

THE SHOGGOTH OF THE LIBRARY

Leo and Sara were two siblings who loved to read. They liked to visit the library, where they could find books of all kinds. They liked to learn about history, science, and mythology. They also liked to read stories of horror, fantasy, and mystery.

They lived in a big city, that had a huge library. They were allowed to go to the library, but only to the children's section. They were told that the other sections were too advanced for them. They were told that there were books that were not suitable for them, books that were dangerous and forbidden.

But Leo and Sara were curious and brave. They wanted to see what was in the other sections, and maybe find something amazing. They thought the librarians were hiding something from them, something exciting and mysterious.

They decided to go to the other sections on Halloween night, when the library was closed. They waited until it was dark, and then sneaked into the library. They wore their costumes. Leo was dressed as a detective, and Sara was dressed as a witch. They took a flashlight and a backpack and went to the forbidden section.

They opened the door and saw a long corridor leading to a large room. They turned on the flashlight and walked down the corridor. They reached the room and looked around.

They saw a huge hall, filled with shelves, tables, and chairs. They saw books of all sizes, shapes, and colors. They saw titles, authors, and languages.

They didn't see any librarians, guards, or cameras.

They didn't see anything scary.

They were disappointed.

They decided to explore the hall, anyway, hoping to find something fun. They browsed through some books, and found topics like alchemy, astrology, and occultism. They opened some books, and found symbols, diagrams, and pictures. They read some passages, and found words like Yog-Sothoth, Azathoth, and Cthulhu.

They didn't find anything interesting.

They were bored.

They decided to leave the hall and go back home. They walked back to the door, ready to go out.

But then they heard something that made them stop.

They heard a voice.

A loud, deep, angry voice.

A voice that came from behind them.

A voice that came from the hall.

They turned around and saw something that made them scream.

They saw a monster.

A huge, slimy monster.

A monster that looked like a blob of black goo, with multiple eyes floating on the surface.

A monster that was shapeless, changing its form at will.

A monster that had tentacles, mouths, and teeth in every direction.

A monster that was coming towards them.

A monster that was a Shoggoth.

A Shoggoth was an ancient evil creature, that lived in the depths of the earth. It was a servant of darkness, that hated light and life. It was a foe of humans, that fought with slime and horror.

It was a nightmare come true.

Leo and Sara didn't know how it got there.

They didn't know why it was there.

They only knew that it wanted to kill them.

They ran to the door, hoping to escape.

But the Shoggoth was faster.

It reached them with its tentacles of slime and grabbed them.

It pulled them closer to its mouths and bit them.

It swallowed them whole.

It digested them slowly.

It laughed with its voice of horror.

It went back to the hall, satisfied.

It waited for more visitors, to kill them with its slime.

It protected the books, with its horror.

It was the Shoggoth, the thing of slime.

O SHOGGOTH DA BIBLIOTECA

Leo e Sara eram dois irmãos que adoravam ler. Eles gostavam de visitar a biblioteca, onde podiam encontrar livros de todos os tipos. Eles gostavam de aprender sobre história, ciência e mitologia. Eles também gostavam de ler histórias de terror, fantasia e mistério.

Eles moravam em uma cidade grande, que tinha uma biblioteca enorme. Eles podiam ir à biblioteca, mas só à seção infantil. Eles foram informados de que as outras seções eram muito avançadas para eles. Eles foram informados de que havia livros que não eram adequados para eles, livros que eram perigosos e proibidos.

Mas Leo e Sara eram curiosos e corajosos. Eles queriam ver o que havia nas outras seções e talvez encontrar algo incrível. Eles achavam que os bibliotecários estavam escondendo algo deles, algo excitante e misterioso.

Eles decidiram ir às outras seções na noite de Halloween, quando a biblioteca estava fechada. Eles esperaram até escurecer e então entraram sorrateiramente na biblioteca. Eles usavam suas fantasias. Leo estava vestido de detetive e Sara estava vestida de bruxa. Eles pegaram uma lanterna e uma mochila e foram para a seção proibida.

Eles abriram a porta e viram um corredor longo que levava a uma sala grande. Eles ligaram a lanterna e caminharam pelo corredor. Eles chegaram à sala e olharam em volta.

Eles viram um salão enorme, cheio de prateleiras, mesas e cadeiras. Eles viram livros de todos os tamanhos, formas e cores. Eles viram títulos, autores e idiomas.

Eles não viram nenhum bibliotecário, guarda ou câmera.

Eles não viram nada assustador.

Eles ficaram decepcionados.

Eles decidiram explorar o salão mesmo assim, esperando encontrar algo divertido. Eles folhearam alguns livros e encontraram assuntos como alquimia, astrologia e ocultismo. Eles abriram alguns livros e encontraram símbolos, diagramas e imagens. Eles leram alguns trechos e encontraram palavras como Yog-Sothoth, Azathoth e Cthulhu.

Eles não encontraram nada interessante.

Eles ficaram entediados.

Eles decidiram sair do salão e voltar para casa. Eles caminharam de volta para a porta, prontos para sair.

Mas então eles ouviram algo que os fez parar.

Eles ouviram uma voz.

Uma voz alta, profunda e furiosa.

Uma voz que vinha de trás deles.

Uma voz que vinha do salão.

Eles se viraram e viram algo que os fez gritar.

Eles viram um monstro.

Um monstro enorme e viscoso.

Um monstro que parecia uma bolha de gosma preta, com vários olhos flutuando na superfície.

Um monstro que não tinha forma definida, mudando sua forma à vontade.

Um monstro que tinha tentáculos, bocas e dentes em todas as direções.

Um monstro que estava vindo em direção a eles.

Um monstro que era um Shoggoth. Um Shoggoth era uma criatura maligna antiga, que vivia nas profundezas da terra. Era um servo das trevas, que odiava a luz e a vida. Era um inimigo dos humanos, que lutava com gosma e horror.

Era um pesadelo tornado realidade.

Leo e Sara não sabiam como ele tinha chegado lá.

Eles não sabiam por que ele estava lá.

Eles só sabiam que ele queria matá-los.

Eles correram para a porta, esperando escapar.

Mas o Shoggoth era mais rápido.

Ele alcançou-os com seus tentáculos de gosma e os agarrou.

Ele os puxou para perto de suas bocas e os mordeu.

Ele os engoliu inteiros.

Ele os digeriu lentamente.

Ele riu com sua voz de horror.

Ele voltou para o salão, satisfeito.

Ele esperou por mais visitantes, para matá-los com sua gosma.

Ele protegeu os livros, com seu horror.

Ele era o Shoggoth, a coisa de gosma.

THE THREE WITCHES OF HALLOWEEN

Lila, Mira and Zara were three sisters who lived in a cottage in the woods. They were all witches, but very different from each other. Lila was the oldest, and the most beautiful. She had long blonde hair, blue eyes, and fair skin. She wore elegant dresses, and a silver necklace with a star pendant. She was good at casting spells and making potions. She was also very vain and liked to show off her beauty and power. Mira was the middle sister, and the ugliest. She had short black hair, green eyes, and warty skin. She wore ragged clothes, and a leather belt with a skull buckle. She was good at flying on her broomstick and talking to animals. She was also very mean and liked to cause trouble and mischief. Zara was the youngest sister, and the most normal. She had curly brown hair, hazel eyes, and freckled skin. She wore simple clothes, and a wooden bracelet with a flower charm. She was good at reading books, and baking cookies. She was also very kind and liked to help others and make friends.

The three sisters didn't get along very well. Lila and Mira often argued and fought over everything. They teased and bullied Zara for being different from them. They said she was not a real witch, because she didn't have any special talent or magic. They said she was boring, weak, and useless.

Zara felt sad and lonely. She wished she had a magic gift like her sisters. She wished they would love her and accept her as she was. She wished she had someone to talk to and play with.

One day, she found a flyer on her doorstep. It said:

Halloween Party!

Come join us for a night of fun and fright!

Costumes, games, prizes, candy, and more!

At the old mansion on the hill.

From 6 pm to midnight.

Everyone is welcome!

Zara felt excited. She loved Halloween, and she wanted to go to the party. She thought it would be a great opportunity to meet new people and have fun.

She ran inside the cottage and showed the flyer to her sisters.

— Look! There's a Halloween party tonight! Can we go? Please? — she asked.

Lila and Mira looked at the flyer with disdain.

— A party? For humans? How boring! — Lila said.

How stupid! Why would we waste our time with them? — Mira said.

— They're not humans! They're our neighbors! They live in this town too!" Zara said.

— So what? They're still inferior to us! We're witches! We don't need them! — Lila said.

— Yeah! We have our own fun! We don't need their silly games or candy! — Mira said.

— But I want to go! I want to see what it's like! I want to make friends! — Zara said.

— Friends? Ha! You don't need friends! You have us! — Lila said.

— Us? Ha! You don't have us! You're not one of us! — Mira said.

— What do you mean? — Zara asked.

— You know what we mean! You're not a real witch! You're a fake! A fraud! A failure! — Lila said.

— Yeah! You can't do anything right! You can't cast spells! You can't make potions! You can't fly on a broomstick! You can't talk to animals! — Mira said.

— You're nothing but a burden! A nuisance! A disgrace! — Lila said.

— Yeah! You should be ashamed of yourself! You should hide yourself away! — Mira said.

— You don't belong here! You don't belong anywhere! — Lila said.

— Yeah! You should just disappear! — Mira said.

Lila and Mira laughed cruelly at Zara, who felt tears in her eyes.

She ran to her room and locked the door behind her.

She threw herself on her bed and cried into her pillow.

She felt hurt and angry by her sisters' words.

She felt alone and hopeless in her situation.

She wished she could prove them wrong.

She wished she could show them that she was a real witch.

She wished she could go to the party.

AS TRÊS BRUXAS DO HALLOWEEN

Lila, Mira e Zara eram três irmãs que moravam em uma cabana na floresta. Elas eram todas bruxas, mas muito diferentes umas das outras. Lila era a mais velha e a mais bonita. Ela tinha cabelos loiros longos, olhos azuis e pele clara. Ela usava vestidos elegantes, e um colar de prata com um pingente de estrela. Ela era boa em lançar feitiços, e fazer poções. Ela era também muito vaidosa e gostava de mostrar sua beleza e poder. Mira era a irmã do meio e a mais feia. Ela tinha cabelos pretos curtos, olhos verdes e pele verrugosa. Ela usava roupas esfarrapadas e um cinto de couro com uma fivela de caveira. Ela era boa em voar em sua vassoura e falar com animais. Ela era também muito má e gostava de causar problemas e travessuras. Zara era a irmã mais nova e a mais normal. Ela tinha cabelos castanhos cacheados, olhos castanhos e pele sardenta. Ela usava roupas simples e uma pulseira de madeira com um pingente de flor. Ela era boa em ler livros e assar biscoitos. Ela era também muito gentil e gostava de ajudar os outros e fazer amigos.

As três irmãs não se davam muito bem. Lila e Mira viviam discutindo e brigando por tudo. Elas zombavam e maltratavam Zara por ser diferente delas. Elas diziam que ela não era uma bruxa de verdade, porque ela não tinha nenhum talento especial ou magia. Elas diziam que ela era chata, fraca e inútil.

Zara se sentia triste e solitária. Ela desejava ter um dom mágico como suas irmãs. Ela desejava que elas a amassem e aceitassem como ela era. Ela desejava ter alguém para conversar e brincar.

Um dia, ela encontrou um folheto em sua porta. Dizia:

Festa de Halloween!

Venha se juntar a nós para uma noite de diversão e susto!

Fantasias, jogos, prêmios, doces e muito mais!

Na velha mansão no morro.

Das 18h à meia-noite.

Todos são bem-vindos!

Zara se sentiu animada. Ela adorava o Halloween e queria ir à festa. Ela pensou que seria uma ótima oportunidade para conhecer novas pessoas e se divertir.

Ela correu para dentro da cabana e mostrou o folheto para suas irmãs.

— Olhem! Tem uma festa de Halloween hoje à noite! Podemos ir? Por favor? — Ela perguntou.

Lila e Mira olharam o folheto com desprezo.

— Uma festa? Para humanos? Que tédio! — Lila disse.

— Que bobagem! Por que iríamos perder nosso tempo com eles? — Mira disse.

— Eles não são humanos! Eles são nossos vizinhos! Eles moram nesta cidade também! — Zara disse.

— E daí? Eles ainda são inferiores a nós! Nós somos bruxas! Não precisamos deles! — Lila disse.

— É isso aí! Nós temos nossa própria diversão! Não precisamos dos jogos ou doces deles! — Mira disse.

— Mas eu quero ir! Eu quero ver como é! Eu quero fazer amigos! — Zara disse.

— Amigos? Ha! Você não precisa de amigos! Você tem a gente! — Lila disse.

— A gente? Ha! Você não tem a gente! Você não é uma de nós! — Mira disse.

— Como assim? — Zara perguntou.

— Você sabe muito bem o que queremos dizer! Você não é uma bruxa de verdade! Você é uma falsa! Uma fraude! Uma fracassada! — Lila disse.

— É isso mesmo! Você não sabe fazer nada direito! Você não sabe lançar feitiços! Você não sabe fazer poções! Você não sabe voar em uma vassoura! Você não sabe falar com animais! — Mira disse.

— Você é nada mais que um peso! Uma chateação! Uma vergonha! — Lila disse.

— É isso aí! Você deveria se envergonhar de si mesma! Você deveria se esconder! — Mira disse.

— Você não pertence aqui! Você não pertence a lugar nenhum! — Lila disse.

— É isso mesmo! Você deveria simplesmente sumir! — Mira disse.

Lila e Mira riram cruelmente de Zara, que sentiu lágrimas em seus olhos.

Ela correu para seu quarto, e trancou a porta atrás de si.

Ela se jogou em sua cama e chorou em seu travesseiro.

Ela se sentiu magoada e com raiva pelas palavras de suas irmãs.

Ela se sentiu sozinha e sem esperança em sua situação.

Ela desejava poder provar que elas estavam erradas.

Ela desejava poder mostrar a elas que ela era uma bruxa de verdade.

Ela desejava poder ir à festa.